西雅圖酋長的宣言

The Statement of Chief Seattle

中英雙語典藏版

西雅圖酋長——文

李毓昭——譯　徐世昇——圖

─ 收錄 ─

晨星出版

目次

導讀

傾聽大地的聲音

李曉菁／文字工作者

　　二零零四年一月，我前往印尼自助旅行，遠赴新幾內亞島伊里安查亞地區的瓦美納，花了整整一個禮拜時間與當地的原住民丹尼族（Deni）家庭相處。當我結束一個月的旅程，回到臺北的生活規律，突然很不適應城市的壅塞與被建築物遮蔽的視野。二二九公車在清晨七點半的塞車陣中緩慢推進，兩邊的高樓建築與高架橋阻擋我的視野，車內神情冷漠注視窗外的乘客讓我驚覺城市人與人之間的疏離，我將目光回到手中的西雅圖酋長宣言，看到「因為泥土富含祖先的鮮血，我們的赤足更能察覺泥土的深情碰觸。」時，我的心狂跳起來，思緒回到與那群皮膚黧黑、滿頭捲髮的原住民相處的時光。

　　那個陽光燦爛的午後，我隨丹尼家人前往一個神祕的蝙蝠洞，跨過木柵欄，我的左手突然被一隻手牽起，那是隻質

地粗糙的右手，只有三隻手指。我轉頭，發現是丹尼家庭的老奶奶，她咧著缺牙的嘴對我笑，而那斷掉的拇指和食指是丹尼的傳統禮俗：每當有親人死去，老一輩就會剁下一指或割下耳朵一角，用身體的殘缺來代表對已逝親人的永恆思念。生命第一次接觸如此滄桑卻充滿力量的手，我心中感到巨大震撼，老婦人衣衫襤褸，比我瘦弱嬌小，頭頂自己編織的負物袋，赤腳走在滑溜石階卻比我穿 Timberland 登山鞋還腳步穩健，她堅持牽我的手走完全程，沿途還不斷提醒走在我前面的孩子們，在每個轉角與土地濕濘處扶我一把。丹尼人是喜歡握手、牽手的民族，那是對人友善的舉動，一種沒有經過文明教化、發自內心、自然無偽的表現，伸出的手是最美的肢體語言，爬山途中，我牽過老婦人與每個大小孩子的手，孩子的手小而溫暖，他們走在我前面，手腳並用地快速爬梭在濕滑石頭上，遇到有些難行處，乾脆一屁股坐在地上滑行，壓根不在乎手腳和衣服髒污。不用大人引導，孩子好動卻安靜往蝙蝠洞前進，當滲水的漆暗洞中突然舞出蝙蝠的身影，我聽到他們興奮地在空地上跳躍的腳步聲，一點大聲喧嘩歡呼都沒有，卻能從神情和動作清楚感受那股深入神

祕後自然產生的歡欣鼓舞。

從蝙蝠洞出來時，孩子已經沾染一身泥土，看到一條清澈的溪溝，紛紛自動跳進去洗滌手腳，潑起水花玩耍。回程，我們坐箱型車回家，九個孩子擠在箱型車後座，突然靜默起來，相較在蝙蝠洞中來去自如的身影，這車大大限制孩子的行動，我對這群被關在小小車廂而必須壓抑笑容的孩子感到抱歉，這樣的靜默一直延續到回家，孩子跳下車，聞到風中傳來的陣陣蕃薯香，那是他們每天主食，大人小孩三餐都吃這個。幾個肚子餓極的孩子，紛紛跑到剛烤好的蕃薯堆旁蹲下，撿起大小適中的蕃薯，自顧自地剝了就吃，吃得靜默而滿足，剝下的蕃薯皮還會丟給在草地奔跑的豬隻，一點都不浪費，瀰漫的蕃薯香與孩子專心吃食的神情，訴說儉樸而安貧的生活價值，成為我這趟旅程最難忘的一幕。

因為這趟旅程，當我在閱讀西雅圖酋長向史帝文斯發表的宣言時，有種奇妙的感動，彷彿每句話都從土地的最深、最遠處傳遞出來，卻是真實而充滿力量，就像老婦人那雙滄桑執著的手，讓我心痛、感激而無法拒絕。

酋長的宣言是土地的吶喊，因為珍視人與人、人與大地

共存共榮的關係，才有勇氣發出的大地之聲。我不時被印地安人對土地、逝者和一切自然現象的禮讚和尊重，發出由衷的敬佩之情。提到土地，西雅圖說：

在我的人民心中，這土地的每個部分都是神聖的。

每一片山坡，每一個谷地、每一塊平原和每一叢樹林，

都因早已煙滅的歲月所發生過的悲喜事件而成為聖地。

甚至石塊，在太陽下呆滯地躺在沉靜的海邊，

也充滿了與人民生活有關的生動回憶。

提到逝者，他說：

你們的逝者一旦進了墳口，

就飄到群星彼端，不再愛你們與家鄉。

他們很快就被遺忘，而且永不歸來。

我們的逝者卻不曾遺忘那給過他們生命的美麗世界。

他們仍愛戀著蒼翠的山谷、潺潺的河水、

巍峨的山脈、幽靜的溪谷、碧綠如洗的湖水和海灣。

他們會以溫柔的情感憐惜孤單的生者，

而且時常從彼方回來探視、引導、撫慰他們。

　　酋長的宣言也是傷痛的呼喊。時空回到 1854 年，當史帝文斯，也就是華盛頓州的新任州長與印地安事務長進入杜彎密希（Duwamish）族人故鄉，原本住在華盛頓州普吉灣島嶼中的族人被迫接受白人合約，遷往印地安保留區，受殖民暴力侵略的同時，族人許多自然而美好的價值也注定要流失。西雅圖酋長的父親是蘇闊密希族（Suquamish）酋長許維阿比；母親為杜彎密希族酋長之女修麗札。根據族人描述，西雅圖酋長身材高大、肩膀寬闊、相貌堂堂、舉止沉穩、能言善辯，當史帝文斯要求杜彎密希族人讓地時，西雅圖酋長沒有嚴辭控訴白人侵略印地安人土地，只是溫柔沉穩地訴說印地安人愛惜大地、尊重祖靈的價值觀，也不諱言族人的勇敢，在必要時候，族裡的年輕人會以生命為代價來復仇。

　　年輕人總是衝動。

　　當我族的青年為了一些真實或幻想的屈辱而氣憤不已，

而用黑漆塗黑自己的臉時，也塗黑了自己的心，

他們經常顯得殘酷無情，

我們的老人都無法約束他們。

儘管情況向來如此，

儘管早在白人將我們的祖先一路趕向西邊以來就是如此，

且讓我們懷抱希望，希望我們之間的敵意永不復返。

仇恨只會帶來失去，而一無所得。

年輕人將復仇視為收穫，

即便要以自己的生命為代價。

可是戰時留在家中的老人和喪子的母親更知曉事實。

真相是什麼？真相是美麗，是印地安族人溫柔寬厚地讓與土地給白人，避免流血衝突，讓母親不再忍受喪子之痛，讓老人得以安享天年，讓共享自然與愛人如己的美好價值觀得以傳遞下去；真相是哀愁，是注定要失落的印地安文化與被文明遺忘的族人。

白人很多，

彷彿那覆在大草原上漫山遍野的草；

印地安人很少，

猶如暴風雨橫掃平原後的稀落樹木。

西雅圖酋長用充滿自然意象的文字道出印地安人的命運，也點出印地安人與白人的處事方法與價值觀迥異，導因於兩者對待自然環境的態度不同。結構人類學家李維史特勞斯曾在一九五五年出版的《憂鬱的熱帶》針對一段印地安人處理白人屍體的觀察，提出一段語帶嘲諷卻寓意深刻的分析：「白人相信社會科學，印地安人則相信自然科學；白人認為印地安人是野獸，印地安人則懷疑白人可能是神。這兩種態度所表現的無知程度大致相等，不過印地安人的行為顯然表現了更高的人性尊嚴。」

除了西雅圖酋長對史帝文斯的雄辯，本書也蒐錄多位印地安酋長詩般的文字，反映出印地安與白人對待自然環境的不同態度。路德立熊酋長發現印第安人與白人在信念上的極大差異出於印第安尋求人與環境的和諧，白人則是企圖支配

環境，而只有遠離自然而心懷恐懼的人才會產生征服環境的慾望。那是為什麼酋長說：

> 人心一旦遠離自然，就會變得堅硬；
> 對生長缺乏尊重，生物也很快就會對人缺乏尊重。

因此，他讓小孩接近自然，領受自然溫柔的影響力。

對於領略過自然力量的人們來說，酋長們的話如天空的恆星，閃爍著歷久不衰而美麗的智慧光芒。

導讀

將愛還諸天地
賴麗娟／自然寫作者

在佛瑞斯特・卡特（Forrest Carter）所著的《少年小樹之歌》一書中，描述一位生活在美國東部查拉幾山區的印地安少年——小樹的故事。小樹自小父母雙亡，由爺爺和奶奶撫養。在小樹還小的時候奶奶曾對他說：「你如果不瞭解一樣東西的話，你根本不會愛上它；同樣的，你如果不瞭解人們和上帝，你又怎麼會對它們產生愛呢？」於是，小樹在爺爺與奶奶的相處中看見：「爺爺和奶奶彼此瞭解，所以他們之間擁有愛。」很少有人教導我們如何去瞭解一樣東西，常常我們對於一件事物總是一知半解，因此我也相信，我們從來沒有好好去學習「愛」這門功課。

印地安長者對於晚輩的教導是隨處隨在的，他們相信瞭解等同於愛，所以爺爺和奶奶教導小樹：「如果你不知道過去，你就不會擁有未來。如果你不瞭解你的族人過去的遭

遇，你也不會知道他們將何去何從。」他們告訴一個印地安小男孩自己族人的歷史、族人遵行大自然規則來生活的執著，以及美國政府的軍隊如何來到他們居住的土地。因此，每一個印地安人都瞭解自己的民族、愛自己生長的穹蒼與地土。一旦你稍稍瞭解印地安民族，你也許會感慨，身為臺灣人的你我，對臺灣歷史知道多少？對自己生長的環境認識多少？對自身又瞭解多少？再次細讀一百多年前西雅圖酋長（Chief Seattle）的智慧話語，我不禁潸然淚下。

在一八五〇年代，北美洲西北部仍住著許多印地安部落，美國政府為擴展領土，提議收購他們土地，並且答應設置保留區供印地安族人生活。英勇且善於領導的西雅圖酋長，是當時統領六個部族的領袖。為此，他發表一段慷慨激昂的演說，講詞中表露出對印地安民族滅絕的悲痛，訴說對美麗山河的愛戀，同時也是對掠奪者的宣告。他所表現出來的智慧與宏觀，即使在時間的長河中，依然屹立不搖，並且愈發顯出殖民者的貪婪與醜陋。

我們在印地安民族所經歷的命運中，看見慾望在人心中滋長後的可怕。美國原住民界學者領袖瓦恩・狄洛瑞（Vine

Deloria）說：「對白人而言，一個好的、真正的印地安人，是死的印地安人。」佛瑞斯特・卡特（Forrest Carter）的《在山裡等我》一書，記錄了阿帕契族人的歷史，當中描述美國軍隊放火焚燒草原，理由竟是：「沒有草原就沒有野牛；沒有野牛就沒有印地安人。」印地安民族的家園被白人侵佔，印地安人民受白人迫害及殺害，這一切的苦痛只有身為印地安人民才懂，西雅圖酋長悲痛的說：

> 曾經我們的族人遍布大地，
> 如同起風湧浪的海水漫過鋪滿貝殼的海床。
> 可是，那個時代早已消逝，
> 部族的偉大如今只餘回憶可追悼。

印地安人滅族的命運來自於白人為擴展自己的疆土所致。為了拓展領土，白人以幾近強盜的方式奪取印地安人的土地。過程中，不乏燒殺擄掠、強取豪奪。為了捍衛家園，許多印地安的勇士因而犧牲，而印地安的婦女、老人與孩童在白人軍隊的無理對待下喪失生命。西雅圖酋長深知自己的

族人已無選擇餘地,因為族人已如「暴風雨橫掃平原後的稀落樹木」。似乎族人唯一的生路就是退到保護區,但是居住何處已不重要,重要的是白人是否會善待他們所爭奪到的土地?畢竟那土地充滿「愛戀此美麗之所的歸鄉魂魄」,而且「逝者並非軟弱無力」。

　　西雅圖酋長說:「在我的人民心中,這土地的每個部分都是神聖的。」我感動於他們面對大自然的態度,那是發自內心的敬虔與愛,才能如此。我以為那已是天人合一的境界了。喬治‧克普威(George Copway)也這樣說:「我是大自然的小孩,對她總是心懷欽慕。她是我的榮耀……。」路德立熊酋長(Chief Luther Standing Bear)說:「我在此處發現印第安人與白人在信念上的絕大差異:印第安人會去尋求人與環境的和諧,白人則是企圖支配環境。」當土地被不瞭解大自然的人所擁有時,那是一場災難的開始,人類終將以悲劇收場。西雅圖酋長的真知灼見,同時預言了人類終極的命運。

可我何必為我們族人的早衰命運悲歎

部落有生死，國家有興衰，一如潮起潮落。

這是自然的定理，懊悔無濟於事。

你們衰亡的日子或許還很遙遠，但是終將到來。

　　印地安人對於遵守大自然規則相當執著，他們只拿自己需要的東西與份量。因為他們相信，貪取多過自己應得的東西，戰爭就會發生。正如路德立熊酋長所說的：「懂得分享、愛護所有的一切，人自然而然就會找到他所尋求的分量適當的東西，而如果心懷恐懼，他就會產生征服的需欲。」我在大學時期的生態學啟蒙老師——陳明義教授，在講授臺灣原住民的生存方式是否破壞自然生態時，說出令我感受深刻的話：「只取所需，無可厚非。」原住民的生活環境就是森林，狩獵過程他們學習與自然相處之道，知道如何配合自然脈動只取所需，不大量擷取自然資源，他們比我們更懂得敬畏自然，這是一種深具內涵與智慧的文化。在都市裡，我們大人不瞭解自然，我們的孩子也不懂，所以看見一隻蟲只會尖叫或打死它。我們在物慾的橫流中，追求、頹廢至死，

我們用許多森林、山川去換取我們所以為的文明，如同西雅圖酋長所說：「繼續污染你們自己的床，有一天晚上你們就會在自己的穢物中窒息。」

我顫抖、心痛得看印地安民族的歷史，彷彿也看到人類未來的光景。

沒有了動物，人類會如何？

如果所有的動物都消失了，

人類也會死於心靈巨大的孤寂，

因為動物的遭遇就是人類的遭遇。

所有的事物都互相關聯，

地球上發生的事情終有一天會降臨到地球之子的身上。

—— 西雅圖酋長

年初，我在草嶺拍攝植物時發現，一隻老鷹在距離我頭上大約一百公尺左右的高度飛翔盤旋，隨後順著氣流蜿蜒而上。正當我著迷於牠展翅的英姿，瞬間牠收起翅膀俯衝至山谷，我知道牠找到了獵物。從牠悠哉的飛翔過程裡，我看見

等待與靜默的哲學。我在佩服西雅圖酋長的智慧之餘，更相信這種智慧是從大自然那兒觀察學習來的。所以印地安人能夠敬畏自然，進而珍愛萬物。無論是一株草、一隻飛鳥或者一條河流，都有它們生存的哲理在，我們不懂，是因為不瞭解，也因此我們和自然間沒有愛。

在這篇宣言中，我們看到西雅圖酋長不止一次的強調靈魂的存在，相信靈魂能夠與大地同存，不管生或死。我深信不同生命體之間需要透過對話才能帶來和諧。對話，來自於靈魂的感動；感動，始於對生命的知覺。我們這樣形式的生命體，有時會以極自傲的姿態，摧殘、鄙視著與我們膚色不同的他種民族，或其他形式的生命。因為優越感帶來麻木與冷漠，視其他生命為「劣等生命」，敵意與仇恨就此產生。漸漸地，生命與生命間再也沒有對話了。不再對話的生命，便失去愛的能力，不懂愛的生命，哪還是生命！白人與紅人有何不同？動物與樹木有何不同？其實我們都是自然界的一分子，我們的肉體終將腐壞，然而靈魂卻神聖不朽。期盼生命間能延續對話共同享受上帝創造萬物的美意。

西雅圖酋長的宣言
The Statement of Chief Seattle

西雅圖酋長
Chief Seattle

那無盡世代以來，為我們族人降下悲憫之淚，

在我們眼中似乎永恆不移的天空，是可能改變的。

今日晴空萬里，明日也許烏雲籠罩。

我的話語就像永不更迭的星辰。

華盛頓的大酋長可以信任西雅圖所言，

如同信賴太陽和四季的往復。

Yonder sky that has wept tears of compassion

upon my people for centuries untold, and which to us

appears changeless and eternal, may change.

Today is fair. Tomorrow it may be overcast with clouds.

My words are like the stars that never change.

Whatever Seattle says, the Great Chief at Washington can

rely upon with as much certainty as he can upon

the return of the sun or the season.

白人酋長（史帝文斯州長）說，

華盛頓的大酋長對我們捎來友善的問候。

這是他的好意，

因為我們也知道他不甚需要我們的友誼回報。

他的人很多，

彷彿那覆在大草原上漫山遍野的草；

我的人很少，

猶如暴風雨橫掃平原後的稀落樹木。

The White Chief (Governor Stevens) says that

the Big Chief at Washington sends us greetings of

friendship and good will.

This is kind of him,

for we know he has little need of our friendship in return.

His people are many.

They are like the grass that covers the vast prairies.

My people are few.

They resemble the scattered trees of a storm-swept plain.

偉大的——我想也是善良的

白人酋長傳話給我們，

他想要買我們的土地，

但願意保留一部分，

足以讓我們舒適地過活。

這確實看似合理，甚至慷慨，

因為紅人再也無權求取尊重。

這樣的提議也可能是明智的，

因為我們不再需要遼闊的國土。

曾經我們的族人遍布大地，

如同起風湧浪的海水漫過鋪滿貝殼的海床。

可是，那個時代早已消逝，

部族的偉大如今只餘回憶可追悼。

我不願耽溺或哀歎我們過早地衰落，

也不想譴責我們的白人兄弟加速此衰亡，

因為我們自己也難辭其咎。

The great, and I presume — good, White Chief

send us word that he wishes to buy our lands,

but is willing to allow us enough to live on comfortably.

This indeed appears just, even generous,

for the red man no longer has rights that he need respect.

And the offer may be wise also,

as we are no longer in need of an extensive country.

There was a time when our people covered the land

as the waves of a wind-ruffled sea cover its shell-paved

floor.

But that time long since passed away with the greatness of

tribes that are now but a mournful memory.

I will not dwell upon, nor mourn over, our untimely decay,

nor reproach my white brothers with hastening it,

as we too may have been somewhat to blame.

年輕人總是衝動。

當我族的青年為了一些真實或幻想的屈辱而氣憤不已，

而用黑漆塗黑自己的臉時，也塗黑了自己的心，

他們經常顯得殘酷無情，

我們的老人都無法約束他們。

Youth is impulsive.

When our young men grow angry at some real or

imaginary wrong,

and disfigure their faces with black paint,

it denotes that their hearts are black,

and that they are often cruel and relentless,

and our old men and old women are unable to restrain

them.

儘管情況向來如此，

儘管早在白人將我們的祖先一路趕向西邊以來

就是如此，

且讓我們懷抱希望，希望我們之間的敵意永不復返。

仇恨只會帶來失去，而一無所得。

　　年輕人將復仇視為收穫，

　　即便要以自己的生命為代價。

　　可是戰時留在家中的老人和喪子

的母親更知曉事實。

Thus it has ever been.

Thus it was when the white man first began

to push our forefathers westward.

But let us hope that hostilities between us may never

return. We have everything to lose and nothing to gain.

Revenge by young men is considered gain,

even at the cost of their own lives.

But old men who stay at home in times of war,

and mothers who have sons to lose, know better.

我們在華盛頓的偉大父親——

既然喬治國王已把邊界更推向北邊,

我認為他現在是我們的父親,一如你們的父親——

我說,我們偉大而善心的父親,傳話給我們說,

只要我們按照他的要求去做,他就會保護我們。

他英勇的戰士會是我們高聳堅固的圍牆,

而他壯觀的戰船會泊滿我們的港口,

使我們遠在北方的宿敵——

海達人和辛姆仙人——

再也無法威嚇我們的老弱婦孺。

如此,他就真的是我們的父親,

而我們就是他的子民。

Our Good father at Washington—

for I presume he is now our father as well as yours,

since King George has moved his boundaries further north

—our great and good father, I say, sends us word that if

we do as he desires, he will protect us.

His brave warriors will be to us a bristling wall of strength,

and his wonderful ships of war will fill our harbors

so that our ancient enemies far to the northward

—the Haidas and the Tshimshian—

will cease to frighten our women, children, and old men.

Then in reality he will be our father and we will be his

children.

但是那有可能嗎？

你們的神不是我們的神，

你們的神愛你們的人民，卻恨我們的人民。

祂張開強壯的手臂，慈愛地擁抱白人，

牽著他們的手，猶如父親帶領幼兒。

可是祂遺棄了祂紅皮膚的小孩——

假使他們真是祂的孩子。

我們的神，偉大的神靈，似乎也遺棄了我們。

你們的神使你們的人民日益茁壯，

很快就會遍布每一寸土地。

而我們的人民卻逐漸消亡，

如同快速退去的浪潮，永不復返。

白人的神不會愛我的族人，

不然祂就會保護他們。

他們像是孤兒，無處求援。

But can that ever be?

Your God is not our God.

Your God loves your people and hates mine.

He folds His strong protecting arms lovingly about the

white man and leads him by the hand as a father leads his

infant son. But He has forsaken His red children

—if they are really His.

Our God, the Great Spirit, seems also to have forsaken us.

Your God makes your people wax stronger every day.

Soon they will fill all the land.

Our people are ebbing away

like a rapidly receding tide that will never return.

The white man's God cannot love our people

or He would protect them.

They seem to be orphans who can look nowhere for help.

我們怎麼可能成為兄弟？

你們的神如何能成為我們的神，使我們再度繁榮，

喚醒我們心中恢復往日榮光的夢想？

如果我們有共通的天父，祂必然是偏心的。

因為祂只造訪白皮膚的孩子，我們從來沒有見過祂，

因為祂賜給你們律法，

卻沒有一句話給祂紅皮膚的子女——

儘管這個族群曾經生養萬眾，遍布大地猶如夜空中的

繁星。

不，我們是兩個不同的種族，

有著各自的宗教和分歧的命運，

我們之間的共通點極少。

對我們而言，祖先的骨灰是神聖的，

他們的安息地是聖地；

而你們卻遠離祖先的墳地，

且似乎毫無愧疚。

How then can we be brothers?

How can your God become our God and renew our

prosperity and awaken in us dreams of returning greatness?

If we have a common heavenly father. He must be partial—

for He came to his white children.

We never saw Him.

He gave you laws but had no word for His red children

whose teeming multitudes once filled this vast continent

as stars fill the firmament.

No, we are two distinct races

with separate origins and separate destinies.

There is little in common between us.

To us, the ashes of our ancestors are sacred,

and their resting place is hallowed ground.

You wander far from the graves of your ancestors,

and seemingly without regret.

你們的宗教是你們的神以鐵指寫在石版上，

使你們不致遺忘。

那是紅人既無法理解也無法記住的；

我們的宗教是我們祖先的傳統——

是由偉大的神靈在莊嚴的夜晚所賜予，

老年人的夢，

和我們歷代酋長的洞見，

寫在我們人民的心中。

Your religion was written on tablets of stone

by the iron finger of your God

so that you could not forget.

The red man could never comprehend nor remember it.

Our religion is the traditions of our ancestors—

the dreams of our old men,

given them in the solemn hours of night by the Great

Spirit, and the visions of our sachems—

and is written in the hearts of our people.

你們的逝者一旦進了墳口,

就飄到群星彼端,不再愛你們與家鄉。

他們很快就被遺忘,而且永不歸來。

我們的逝者卻不曾遺忘那給過他們生命的美麗世界。

他們仍愛戀著蒼翠的山谷、潺潺的河水、

巍峨的山脈、幽靜的溪谷、碧綠如洗的湖水和海灣。

他們會以溫柔的情感憐惜孤單的生者,

而且時常從彼方回來探視、引導、撫慰他們。

Your dead cease to love you and the land of their nativity

as soon as they pass the portals of the tomb

and wander away beyond the stars.

They are soon forgotten and never return.

Our dead never forget the beautiful world that gave them

being.

They still love its verdant valleys, its murmuring rivers,

its magnificent mountains, sequestered vales

and verdant-lined lakes and bays,

and ever yearn in tender, fond affection over the lonely

hearted living, and often return from the Great beyond to

visit, guide, console, and comfort them.

晝與夜不能並存。

紅人一直在逃避白人的接近，

如同晨霧在旭日東昇之前逃之夭夭。

Day and night cannot dwell together.

The red man has ever fled the approach of the white man,

as the morning mist flees before the morning sun.

西雅圖酋長的宣言

然而，你的提議似乎公允，

我想我的族人會接受，

並退到你所提供的保留區。

然後，我們就可分處兩地平靜地度日，

因為白人大酋長的話似乎是自然的聲音，

從濃密的黑暗中對我們的人民發聲。

我們要在哪裡度過餘生並不重要，

來日已然無多。

印第安人的夜晚必然是黑暗的，

沒有一顆希望的星星在天際閃現。

However, your proposition seems fair

and I think that my people will accept it

and will retire to the reservation you offer them.

Then we will dwell in peace,

for the words of the Great White Chief

seem to be the words of nature speaking to my people

out of dense darkness.

It matters little where we pass the remnant of our days.

They are not many.

The Indians' night promises to be dark.

No a single star of hope hovers above his horizon.

悲悽的風在遠處呼嘯，

嚴峻的命運似乎在紅人的路徑上等候，

無論他往哪裡走，

都會聽見殘忍的毀滅者逼近的跫音，

只能束手迎受這劫難，

如同受傷的母鹿聽著獵人走近的腳步聲。

再看幾次月亮的圓缺，再過幾個冬季，

曾在這塊廣闊土地上或遷徙、或定居在幸福家園的，

受到偉大的神靈所保護的強大部族，

將不再有任何後代

能為那一度比你們還興盛的祖先墳前致哀。

Sad-voiced winds moan in the distance.

Grim fate seems to be on the red man's trail,

and wherever he goes he will hear

the approaching footsteps of his fell destroyer

and prepare stolidly to meet his doom,

as does the wounded doe that hears the approaching

footsteps of the hunter.

A few more moons, a few more winters,

—and not one of the descendants of the mighty hosts

that once moved over this broad land

or lived in happy homes, protected by the Great Spirit,

will remain to mourn over the graves of a people

once more powerful and hopeful than yours.

可我何必為我們族人的早衰命運悲歎？

部落有生死，國家有興衰，一如潮起潮落。

這是自然的定理，懊悔無濟於事。

你們衰亡的日子或許還很遙遠，但是終將到來。

縱使是白人，

擁有會如朋友般與他們交談的神，

也無法免於相同的命運。

也許我們終究能成為兄弟，

讓我們拭目以待。

But why should I mourn at the untimely fate

of my people?

Tribe follows tribe, and nation follows nation,

like the waves of the sea.

It is the order of nature, and regret is useless.

Your time of decay may be distant, but it

surely will come.

For even the white man

whose God talked with him as friend with

friend, cannot be exempt from the common

destiny.

We may be brothers after all.

We shall see.

我們會考慮你的提議，

等我們做好決定便知會你。

但如果我們接受，在此我要提出一個條件：

我們可以隨時去探訪祖先、朋友、小孩的墳墓，

你們不得剝奪此權利。

We will ponder your proposition

and when we have decided, we will let you know.

But should we accept it, I here and now make this

condition, that we will not be denied the privilege without

molestation of visiting at any time the tombs of our

ancestors, friends, and children.

在我的人民心中，這土地的每個部分都是神聖的。

每一片山坡，每一個谷地、每一塊平原和每一叢樹林，

都因早已湮滅的歲月裡那些悲歡遭遇而成為聖地。

甚至是在陽光下看似麻木地躺在沉靜岸邊發燙的石塊，

也會為我的人民一生中的鮮活回憶歡欣鼓舞。

而你所駐足的塵土，

對我們的腳步所回應的愛比你們的多，

因為裡面富含著我們祖先的鮮血，

我們的赤足更能察覺到它深具情感的碰觸。

Every part of this soil is sacred in the estimation of my
people.
Every hillside, every valley, every plain and grove,
has been hallowed by some sad or happy event
in days long vanished.

Even the rocks, which seem to be dumb and dead
as they swelter in the sun along the silent shore,
thrill with memories of stirring events
connected with the lives of my people.
And the very dust upon which you now stand
responds more lovingly to their footsteps than to yours,
because it is rich with the blood of our ancestors
and our bare feet are conscious of the sympathetic touch.

我們已逝的勇士、慈愛的母親、歡愉的少女，

甚至曾在此地歡樂過短暫時節的幼童，

將會眷戀這片暗淡的孤寂，

並在日暮之時迎接重返此地的靈魂。

Our departed braves, fond mothers, glad, happy-hearted maidens, and even our little children who lived here and rejoiced here for a brief season, will love these somber solitudes, and at eventide they greet shadowy returning spirits.

於是，當最後一名紅人消失，

我部族的記憶成為白人的神話，

這片海岸將擠滿我族人的魂魄。

當你們的子孫在此地上、

在海岸、店鋪、公路或杳無人煙的森林中，

自以為孤身一人時，其實並不孤單，

世界上沒有任何地方是孤獨的。

And when the last red man shall have perished,

and the memory of my tribe shall have become a myth

among the white men, these shores will swarm with the

invisible dead of my tribe.

And when your children's children think themselves alone

in the field, the store, the shop, upon the

highway, or in the silence of the pathless

woods, they will not be alone.

In all the earth there is no place

dedicated to solitude.

夜晚，當街道與村落陷入寂靜，

當你們以為萬籟俱寂、空無一人之際，

過往的居民將蜂擁而至，

那些是曾經深根於此並深愛這片美麗土地的人們。

白人將永不孤單。

悉聽尊便，任他和善地對待我的人民。

畢竟死亡絕非束手無策。

At night, when the streets of your cities and villages

are silent, and you think them deserted,

they will throng with the returning hosts

that once filled them and still love this beautiful land.

The white man will never alone.

Let him be just and deal kindly with my people.

For the dead are not powerless.

西雅圖酋長的宣言

我剛才說了死亡嗎?

世間本無死亡一說,

只是轉變而已。

——西雅圖酋長

Dead, did I say?

There is no death,

only a change of worlds.

—— Chief Seattle

來自印地安的呼喚

美國印地安酋長們

Native American Indian Chiefs

曾銘祥 / 繪

我們知道白人並不了解我們的生活方式。

一塊土地和另一塊土地並沒什麼差別，

因為他們是陌生人，在夜晚潛入，

從土地上取走他們所需要的一切。

土地不是他們的弟兄，而是他們的敵人──

一旦征服了它，他們就往下一個目標移動。

他們離開父親的墳地，也把自己小孩與生俱來的權利拋

在腦後。

──西雅圖酋長

We know that the white man does not understand our
ways.

One portion of the land is the same to him as the next,

for he is a stranger who comes in the night

and takes from the land whatever he needs.

The earth is not his brother, but his enemy—

and when he has conquered it, he moves on.

He leaves his father's graves, and his children birthright is

forgotten.

—— Chief Seattle

沒有了動物，人類會如何？

如果所有的動物都消失了，

人類也會死於心靈巨大的孤寂，

因為動物的遭遇就是人類的遭遇。

所有的事物都互相關聯，

大地上發生的事情終有一天會降臨到大地之子的身上。

——西雅圖酋長

What is man without the beast?

If all the beasts were gone,

men would die from great loneliness of spirit,

for whatever happens to the beasts also happens to man.

All things are connected.

Whatever befalls the earth befalls the children of the earth.

—— Chief Seattle

你們的城市刺痛了紅人的眼睛。

但也許那是因為紅人是野蠻人，所以不了解。

白人的城市無安寧之處，

無從聽聞春天離去的腳步或昆蟲的振翅。

也許那是因為我是野蠻人，所以不了解，

但是那噪音似乎只是在侮辱耳朵。

印第安人比較喜歡風掃過湖面的輕聲，或者風的氣味，

經過午後陣雨的洗滌、帶有矮松樹的清香。

對紅人而言，空氣是很珍貴的，

因為所有生物都在吸取同樣的氣息——

包括動物、樹木和人類。

你們城市的人卻如同垂死多日的人，對惡臭一無所覺。

——西雅圖酋長

The sight of your cities pains the eyes of the red man.

But perhaps it is because the red man is a savage and does

not understand.

There is no quiet place in the white man's cities,

no place to hear the leaves of spring or the rustle of

insects' wings.

Perhaps it is because I am a savage and do not understand,

but the clatter only seems to insult the ears.

The Indian prefers the soft sound of the wind darting over

the face of the pond, the smell of the wind itself cleansed

by a midday rain or scented with pinon pine.

The air is precious to the red man, for all things share the

same breath—the animals, the trees, the man.

Like a man who has been dying for many days, a man in

your city is numb to the stench.

—— Chief Seattle

再過幾個小時,再過幾個冬天,

曾在此大地上或生活,或結伴在森林裡漫遊的偉大部族,

他們的子孫再也無法到

一度與你們同樣強盛的祖先墳前哀悼。

而白人也是一樣,終會消逝的,

或許還比其他的部族快。

繼續污染你們自己的床,

有一天晚上你們就會在自己的穢物中窒息。

當野牛被屠殺殆盡,野馬全部被馴服,

叢林幽祕的角落瀰漫著人類氣味,

豐饒的山坡景色被電話線玷污,

灌木叢哪裡去了?不見了。

老鷹哪裡去了?消失了。

A few more hours, a few more winters, and none of the

children of the great tribes that once lived on this earth, or

that roamed in small bands in the woods, will be left to

mourn the graves of a people once as powerful and

hopeful as yours.

The whites, too, shall pass—

perhaps sooner than other tribes.

Continue to contaminate your own bed, and you will one

night suffocate in your own waste.

When the buffalo are all slaughtered, the wild horses all

tamed, the secret corners of the forest heavy with the

scent of many men, and the view of the ripe hills blotted

by talking wires,

where is the thicket? Gone.

Where is the eagle? Gone.

向雨燕和狩獵道別、

向生活的告終和倖存的開端告別是什麼樣子？

如果我們知道白人的夢想，

知道他們在漫長的冬夜對孩子說的故事，

以及在他們心中點燃的願景，

這些如何使他們對明日懷抱希望，

也許我們就會知道答案。

可是我們是野蠻人，

白人的夢想對我們隱藏了起來。

——西雅圖酋長

And what is to say farewell to the swift and the hunt,

to the end of living and the beginning of survival?

We might understand if we knew what it was that the

white man dreams, what he describes to his children on the

long winter nights, what visions he burns into their minds,

so they will wish for tomorrow.

But we are savages.

The white man dreams are hidden from us.

—— Chief Seattle

我在大自然廣闊的領地上出生！

所有的樹木庇蔭著我的嬰兒身，

蒼穹也遮護著我。

我是大自然的小孩，對她總是心懷欽慕。

她會是我的榮耀：她的容顏、她的長袍，

還有她額頭上的花環、四季、她宏偉的橡樹，

以及那些常綠的髮絲和遍布泥地的蔓鬤，

無不令我愛戀不已。

不論在哪裡見到她，

喜悅都會在我的心中激盪、澎湃，

然後噴湧而出，猶如海岸邊的浪花，

對著將我置於大自然之手的祂祈禱與詠贊。

許多人認為出生權貴為財富所環繞是件好事，

但是生在大自然廣闊的領土更好！

I was born in Nature's wide domain!

The trees were all that sheltered my infant limbs,

the blue heavens all that covered me.

I am one of Nature's children. I have always admired her.

She shall be my glory: her features, her robe,

and the wreath about her brow, the seasons, her stately

oaks, and the evergreen-her hair, ringlets over the earth-all

contribute to my enduring love of her.

And wherever I see her,

emotions of pleasure roll in my breast, and swell and burst

like waves on the shores of the ocean, in prayer and praise

to Him who has placed me in her hand.

It is thought great to be born in palaces, surrounded with

wealth—but to be born in Nature's wide domain is

greater still!

在此出生地上，我更感到榮耀。

有無垠的天幕和叢林巨大的臂膀掩護，

勝於生在由金柱妝點的大理石宮殿！

大自然永遠都是大自然，宮殿卻會傾圮而化為廢墟。

是的，尼加拉大瀑布在一千年後依然會是尼加拉大瀑

布！

那道彩虹，她額頭上的花環，

將與太陽、奔流的河水一樣亙古綿長；

而藝術品，不論多麼小心地呵護保存，

終將褪去風華而粉碎為塵。

——喬治‧克普威

I would much more glory in this birthplace,

with the broad canopy of heaven above me, and giant

arms of the forest trees for my shelter than to be born in

palaces of marble, studded with pillars of gold!

Nature will be Nature still, while palaces shall decay and

fall in ruins.

Yes, Niagara will be Niagara a thousand years hence!

The rainbow, a wreath over her brow, shall continue as

long as the sun, and the flowing of the river—while the

work of art, however carefully protected and preserved,

shall fade and crumble into dust!

—— George Copway

偉大的奧祕之神置於印第安土地上的一切

都不討白人喜歡，

沒一樣東西逃得過白人的改造之手。

每座未被削平的森林、

每隻動物藏身的靜謐棲所、

四足動物尚未絕跡的土地，

對白人來說都是「未馴服的蠻荒」。

Nothing the Great Mystery placed in the land of

the Indian pleased the white man,

and nothing escaped his transforming hand.

Whatever forests have not been mowed down,

wherever the animal is recessed in their quiet

protection, wherever the earth is not bereft of

hour-footed life—that to him is an "unbroken

wilderness."

但是在拉扣塔族的眼裡，世上並沒有所謂的蠻荒。

自然並非險惡而是親切的，不是冷峻而是友善的。

因此拉扣塔族的觀念很健康──沒有恐懼和武斷。

我在此處發現印第安人與白人在信念上的絕大差異：

印第安人會去尋求人與環境的和諧，

白人則是企圖支配環境。

懂得共享、愛護所有的一切，

人自然而然就會找到他所尋求的分量適當的東西，

而如果心懷恐懼，他就會產生征服的欲望。

印第安人覺得這個世界充滿著美，

白人卻認為那是必須忍受的醜惡之地，

直到他去到另一個世界，

在那裡變成一種有翅膀的半人半鳥的生物。

But, because for the Lakota there was no wilderness, because nature was not dangerous but hospitable, not forbidding but friendly, Lakota philosophy was healthy— free from fear and dogmatism.
And here I find the great distinction between the faith of the Indian and the white man.
Indian faith sought the harmony of man with his surroundings; the other sought the dominance of surroundings.

In sharing, in loving all and everything, one people naturally found a due portion of the thing they sought, while, in fearing, the other found need of conquest.

For one man the world was full of beauty; for the other it was a place of sin and ugliness to be endured until he went to another world, there to become a creature of wings, half-man and half-bird.

白人永遠都在引導奧祕之神去改變祂的創造，

要求神處罰他們之間的邪惡分子，

同時祈請神將祂的榮光傳到地上，

也難怪白人無法理解別的觀念。

可是老拉扣塔族人是睿智的，

他知道人心一旦遠離自然，就會變得堅硬；

他知道對生長缺乏尊重，生物也很快就會對人缺乏尊重。

因此，他會讓小孩接近自然，領略自然溫柔的潛移默化。

——路德立熊酋長

Forever one man directed his Mystery to change the world

He had made; forever his man pleaded with Him to

chastise his wicked ones;

and forever he implored his God to send His light to earth.

Small wonder his man could not understand the other.

But the old Lakota was wise.

He knew that man's heart, away from nature, becomes

hard; he knew that lack of respect for growing, living

things soon led to lack of respect for humans, too. So he

kept his children close to nature's softening influence.

—— Chief Luther Standing Bear

不要傷感。

最明智、最良善的人也會遭遇不幸。

死亡的到來，總是出其不意，

那是偉大神靈的指令，

所有族群和人民都必須聽從。

我們不該為過去和無法避免的事情悲傷……

不幸並不會只特定在我們的生活中肆虐——

它們到處蔓延。

——大麋鹿

偉大的神靈，

我不希望我的土地有血滲入，而污染了綠草。

我希望它清明而純淨，

且希望所有造訪我族的人也覺得此處平靜祥和，

並能心平氣和地離開。

——十熊

Do not grieve.

Misfortunes will happen to the wisest and best of men.

Death will come, always out of season.

It is the command of the Great Spirit,

and all nations and people must obey.

What is past and what cannot be prevented should not be

grieved for....

Misfortunes do not flourish particularly in our lives—they

grow everywhere

—— Big Elk

Great Spirit—

I want no blood upon my land to stain the grass.

I want it all clear and pure, and I wish it so,

that all who go through among my people may find it

peace when they come, and leave peacefully when they go.

—— Ten Bears

大地是所有人的母親，

所有人對土地都享有同等的權利。

　　　　　　　　　　——約瑟夫酋長

我愛水流蜿蜒的土地，

勝過全世界任何地方。

不愛父親墳地的人比野獸還不如。

　　　　　　　　　　——約瑟夫酋長

The earth is the mother of all people, and all people should have equal rights upon it.

—— Chief Joseph

I love the land of winding waters more than all the rest of the world. A man who would not love his father's grave is worse than a wild animal.

—— Chief Joseph

密西根森林古老而雄偉，

樹蔭下是我歷代祖先寄居、死亡之所。

當我目睹那片森林如草原遭逢大火般，

在文明的暴風中傾頹時，

年幼的我深受傷害。

在那些時日，我旅經幾千哩路，

沿著我們蜿蜒的山徑，

越過原始樹林未被打破的孤寂，

聆聽森林鳥群的鳴唱，

那歌聲穿透上方濃密的綠葉籠罩著我。

如今我偶爾才能聽見一個出自幼鶯們的熟悉音符，

牠們都已消逝……

In early life, I was deeply hurt as I witnessed the ground

old forests of Michigan, under whose shades my

forefathers lived and died, falling before the cyclone of

civilization as before a prairie fire.

In those days, I traveled thousands of miles

along our winding trails, through the unbroken solitudes

of the wild forest, listening to the songs of the woodland

birds as they poured forth their melodies from the thick

foliage above and about me.

Very seldom now do I catch one familiar note from these

early warblers of the woods.

They have all passed away....

我現在聽的是隨著文明演進而來的鳥鳴⋯⋯

如同我們的父親曾經屏息傾聽的山鳥,

這些鳥的歌聲很協調,不含一絲驕傲、嫉妒或豔羨,

不管是在森林或在平原都一樣,

也不因為面對的是小屋或城堡、

野蠻人或文明人、酋長或國王而有所不同。

——塞門・波卡岡

I now listen to the songs of other birds that have come
with the advance of civilization....
and, like the wildwood birds our fathers used to hold their
breath to hear,
they sing in concert, without pride, without envy, without
jealousy—alike in forest and field, alike before wigwam or
castle, alike before savage or sage, alike for chief or king.

—— Simon Pokagon

沒有任何部族有權出售土地，

哪怕是部族彼此之間也不行，

何況是賣給陌生人……

出賣鄉土！

那何不出賣空氣、大海和泥土？

偉大的神靈創造萬物，不就是要供祂的子民使用嗎？

——泰滾塞

No tribe has the right to sell, even to each other, much less to strangers.... Sell a country!

Why not sell the air, the great sea, as well as the earth?

Didn't the Great Spirit make them all for the use of his children?

—— Tecumseh

宣言背後

　　從十七世紀一直到二十世紀初，北美原住民部落與外來入侵者的武裝衝突不斷，稱北美印地安戰爭。先是十七世紀的歐洲殖民者壓迫部落土地，加上歐美列強引進新武器至部落，導致衝突愈演愈烈；後有美國積極拓荒，1840 年代，奧勒岡小徑（Oregon Trail）開通後，原住民與白人之間衝突更甚，美國拓展領土已達印第安部落居住的北美洲西北角，政府欲買下位於現今華盛頓州普傑峽灣（Puget Sound of Washington）的兩百萬英畝土地，承諾劃分保留區給印第安人居住。1854 年，西雅圖酋長向華盛頓特區首長發表此篇演說，高倡人與大自然密不可分的關係。雖然經過許多人轉錄、改寫，最原始版本的口述記錄已不可考，這篇宣言經過時間的洗禮仍像潔淨夜色中的星光一樣熠熠生輝，啟發後世重新思考人與自然的關係。

　　直到今日，這篇宣言仍是人類對自然的闡述中最真摯的作品之一。現今的華盛頓州西雅圖市便是以他命名。

塗黑自己的臉，也塗黑了自己的心

　　年輕人總是衝動。

　　當我族的青年為了一些真實或幻想的屈辱而氣憤不已，

092

而用黑漆塗黑自己的臉時，也塗黑了自己的心。

他們經常顯得殘酷無情，

我們的老人都無法約束他們。

在美國原住民的文化習俗中，彩繪意味著力量、保護和祈禱，蘊含精神與肉體的能量，人體彩繪的行為是聖潔的，是對造物主或自然的禱告，以尋求精神上的力量、希望及洞見；也是戰爭或打獵前的祈求，祈求家人、族人們平安歸來。彩繪有時用於歌頌英勇或死亡、亦或是對個人、家族或者部落的里程碑表達感謝及慶祝。戰士們會在上陣對抗敵人之前在自身塗上個人的保護記號和其他色彩。

而臉部彩繪的各種顏色也代表著不同涵義：紅色象徵著打鬥或打獵時的力量與勝利，因其代表部落的倖存，所以也象徵幸福和美麗。黑色象徵戰鬥及力量，意味著戰鬥中反轉突擊並取的勝利凱旋歸來，是帶有侵略性的顏色。黑色有時也用於追悼。美國原住民克羅族（Crow）會將臉塗黑，代表復仇的火焰將吞噬敵人。白色象徵和平與繁榮，但有時也被用於哀悼。波尼族（Pawnee）的偵查兵會將臉塗白，以求得狼群的狩獵能力。綠色象徵自然與和諧、生存與治癒。藍常被連結到天空與流水，也代表希望、被喚醒的智慧與自信。黃色可以象徵死亡，意謂戰士無懼在戰場上赴死；也可代表聰穎、強大的心，引領戰士的生活能夠順遂富足。紫色被連

結到魔法、神靈的力量等，通常不作戰鬥或狩獵用，而是巫師和醫者舉行神靈祭典時使用。

北方的宿敵：海達人和辛姆仙人

我說，我們偉大而善心的父親，傳話給我們說，
只要我們按照他的要求去做，他就會保護我們。
他英勇的戰士會是我們高聳堅固的圍牆，
而他壯觀的戰船會泊滿我們的港口，
使我們遠在北方的宿敵 —— 海達人和辛姆仙人
再也無法威嚇我們的老弱婦孺。
如此，他就真的是我們的父親，
而我們就是他的子民。

海達人（Haidas）為佔據海達瓜依（Haida Gwaii）群島（英屬哥倫比亞及加拿大海岸附近）長達 12 個世紀的原住民；辛姆仙（Tshimshian）人為太平洋西北海岸的原住民族，部落生活在加拿大斯基納河（Skeena River）下游、納斯河（Nass River）、米爾班克峽灣（Milbanke Sound）、美國阿拉斯加附近。

紅人的宗教是老年人做的夢、酋長的洞見

你們的宗教是你們的神以鐵指寫在石版上，

使你們不致遺忘。

那是紅人既無法理解也無法記住的；

我們的宗教是我們祖先的傳統——

是由偉大的神靈在莊嚴的夜晚所賜予老年人的夢，

和我們歷代酋長的洞見，

寫在我們人民的心中。

　　美國原住民的信仰多元複雜，不同部落之間的宗教傳說也不盡相同。多數印地安族為泛靈信仰，即相信世間萬物皆有靈，崇拜自然、動物、神靈、祖先，其中偉大的神靈（Great Spirit）指的是包羅萬象的力量、上帝或神的存在，於不同部落的語系如蘇語族（Siouan）或阿岡昆語族（Algonquian）中也有不同稱呼，有時也翻譯作大奧祕（Great Mystery）。印地安人相信他們從夢境或預視（Vision）獲得超自然力量的啟示，從中被賦予預知未來的能力、控制疾病等，並承擔部落領導者或祭司的職責。

　　個體尋求與守護神靈——通常是動物神——交流所進行的儀式稱作靈境追尋（Vision quest），是一種獲得神靈建議或保護的超自然體驗。在一些印第安部落中，幾乎所有年輕人都會依循傳統參與這項儀式，這項體驗有時也被視為一種成人禮。

美國原住民領袖們

西雅圖酋長
(Chief Seattle 1786-1866)
蘇闊密希族與杜彎密西族
(Suquamish and Duwamish)

≡ ≡ ≡

父親是蘇闊密希族（Suquamish）酋長，母親是杜彎密
西族（Duwamish）酋長的女兒。根據族人描述，西雅
圖酋長身材高大、舉止沉穩、能言善辯。

喬治・克普威酋長
(Chief George Copway 1818-1869)
奧吉布瓦族
(Ojibwe)

≡ ≡ ≡

生於安大略郡，為世襲酋長，後來成為傳教士。

路德立熊酋長
(Chief Luther Standing Bear 1868-1939)
拉扣塔族
(Lakota)

≡ ≡ ≡

曾勸導族人接受白人的生活方式，但在一九八〇年的傷膝之役中，目睹白人屠殺手無寸鐵的男女老少，從此摒棄白人文化。著有《我的印第安少年歲月》。

十熊酋長
(Chief Ten Bears 1792-1872)
卡曼奇族
(Comanche)

≡ ≡ ≡

詩人成分多於戰士，被視為和平的仲裁者，雖然徒勞無功，但精神始終為人所稱頌。

約瑟夫酋長
(Chief Joseph 1840-1904)
內茲佩爾賽族
(Nez Perce)

≡ ≡ ≡

曾帶領部族穿越洛磯山脈，意圖去到

加拿大以避免被美國政府遣送到保留

區，但不幸於啟程三個月後被捕，在保留區度過餘生。

塞門‧波卡岡酋長
(Chief Simon Pokagon 1830-1899)
帕塔瓦托米族
(Potawatomi)

≡ ≡ ≡

講師暨作家，也是職業風琴師，能說五種語言。曾與林

肯總統會面。

大麋鹿酋長
(Chief Big Elk 1770-1846)

奧馬哈族
(Omaha)

≡ ≡ ≡

偉大的和平仲裁者,也是著名的演說

家。曾前往華盛頓簽訂和約。

泰滾塞酋長
(Chief Tecumseh 1768-1813)

肖尼族
(Shawnee)

≡ ≡ ≡

部族的酋長,曾努力護衛族人的土地。

一度接受基督教信仰,但不久即恢

復自己的傳統生活。

國家圖書館出版品預行編目 (CIP) 資料

西雅圖酋長的宣言 / 西雅圖酋長（Chief Seattle）著；徐世
昇繪；李毓昭譯 . -- 初版 . -- 臺中市：晨星出版有限公司，
2023.01
　　面：　公分 . --（愛藏本：112）
中英雙語典藏版
譯自：The Statement of Chief Seattle
ISBN 978-626-320-305-1（精裝）

874.6　　　　　　　　　　　　　　　　　　111018418

愛藏本：112

西雅圖酋長的宣言（中英雙語典藏版）
The Statement of Chief Seattle

作　　者｜西雅圖酋長（Chief Seattle）
繪　　者｜徐世昇
譯　　者｜李毓昭

執行編輯｜謝宜真
封面設計｜鐘文君
原圖上色｜鐘文君
美術編輯｜張蘊方
文字校潤｜謝宜真

創 辦 人｜陳銘民
發 行 所｜晨星出版有限公司
　　　　　台中市 407 工業區 30 路 1 號 1 樓
　　　　　TEL:(04)23595820　FAX:(04)23550581
　　　　　http://star.morningstar.com.tw
　　　　　行政院新聞局局版台業字第 2500 號
法律顧問｜陳思成律師
初版日期｜2023 年 01 月 15 日
　 ISBN｜978-626-320-305-1
　 定價｜新台幣 199 元

讀者服務專線｜TEL:（02）23672044 /（04）23595819#212
讀者傳真專線｜FAX:（02）23635741 /（04）23595493
讀者專用信箱｜service@morningstar.com.tw
　　網路書店｜http://www.morningstar.com.tw
　　郵政劃撥｜15060393（知己圖書股份有限公司）

印　　刷｜上好印刷股份有限公司

填寫線上回函，立即
獲得 50 元購書金。